COLLECTION FOLIO

André Gorz

Lettre à D.

Histoire d'un amour

Gallimard

© Éditions Galilée, 2006.

André Gorz, de son vrai nom Gérard Horst, est né à Vienne en février 1923. Écrivain et philosophe, il a notamment publié *Le traître* (1958), préfacé par Sartre, *Adieux au prolétariat : au-delà du socialisme* (1980), et *L'Immatériel : connaissance, valeur et capital* (2003). Parallèlement à son œuvre philosophique, André Gorz a poursuivi une carrière de journaliste, à *L'Express*, puis au *Nouvel Observateur* à partir de 1981, où il écrivit sous le pseudonyme de Michel Bosquet. Il est mort en septembre 2007.

Tu vas avoir quatre-vingt-deux ans. Tu as rapetissé de six centimètres, tu ne pèses que quarante-cinq kilos et tu es toujours belle, gracieuse et désirable. Cela fait cinquante-huit ans que nous vivons ensemble et je t'aime plus que jamais. Je porte de nouveau au creux de ma poitrine un vide dévorant que seule comble la chaleur de ton corps contre le mien.

J'ai besoin de te redire simplement ces choses simples avant d'aborder les questions qui depuis peu me taraudent. Pourquoi es-tu si peu présente dans ce que j'ai écrit alors que notre union a été ce qu'il y a de plus important dans ma vie ? Pourquoi ai-je donné de toi dans *Le Traître* une image fausse et qui te défigure ? Ce livre devait montrer que mon engagement envers toi a été le tournant décisif qui m'a permis de vouloir vivre. Pourquoi alors n'y est-il pas question de la merveilleuse histoire d'amour que nous avions commencé de vivre sept ans plus tôt ? Pourquoi ne dis-je pas ce qui m'a fasciné en toi ? Pourquoi t'ai-je présentée comme une créature pitoyable « qui ne connaissait personne, ne parlait pas un mot de français, se serait détruite sans moi », alors que tu avais ton cercle d'amis, faisais partie d'une troupe de théâtre lausannoise et étais attendue en Angleterre par un homme décidé à t'épouser ?

Je n'ai pas réalisé vraiment l'exploration en profondeur que je me proposais en écrivant *Le Traître*. Il me reste à comprendre, à clarifier beaucoup de questions. J'ai besoin de reconstituer l'histoire de notre amour pour en saisir tout le sens. C'est elle qui nous a permis de devenir qui nous sommes, l'un par l'autre et l'un pour l'autre. Je t'écris pour comprendre ce que j'ai vécu, ce que nous avons vécu ensemble.

Notre histoire a commencé merveilleusement, presque comme un coup de foudre. Le jour de notre rencontre, tu étais entourée de trois hommes qui prétendaient te faire jouer au poker. Tu avais une abondante chevelure auburn, la peau nacrée et la voix haut perchée des Anglaises. Tu étais fraîchement débarquée d'Angleterre, et chacun des trois hommes tentait, dans un anglais rudimentaire, de capter ton attention. Tu étais souveraine, intraduisiblement *witty*, belle comme un rêve. Quand nos regards se sont croisés, j'ai pensé : « Je n'ai aucune chance auprès d'elle. » J'ai su par la suite que notre hôte t'avait prévenue contre moi : « *He is an Austrian Jew. Totally devoid of interest.* »

Je t'ai croisée un mois plus tard, dans la rue, fasciné par ta démarche de danseuse. Puis un soir, par hasard, je t'ai vue de loin qui quittais ton travail et descendais la rue. J'ai couru pour te rattraper. Tu marchais vite. Il avait neigé. La bruine faisait boucler tes cheveux. Sans trop y croire, je t'ai proposé d'aller danser. Tu as dit oui, *why not*, simplement. C'était le 23 octobre 1947.

Mon anglais était maladroit mais passable. Il s'était enrichi grâce à deux romans américains que je venais de traduire pour les éditions Marguerat. Au cours de cette première sortie, j'ai compris que tu avais beaucoup lu, pendant et après la guerre : Virginia Woolf, George Eliot, Tolstoï, Platon...

Nous avons parlé de la politique britannique, des différents courants au sein du Labour Party. Tu distinguais du premier abord l'essentiel de l'accessoire. Face à un problème complexe, la décision à prendre te semblait toujours évidente. Tu avais une confiance inébranlable en la justesse de tes jugements. D'où prenais-tu ton assurance ? Tu avais pourtant eu, toi aussi, des parents désunis ; les avais quittés tôt, l'un après l'autre ; avais vécu seule les dernières années de la guerre avec ton chat Tabby avec lequel tu partageais tes rations. Finalement, tu t'es évadée de ton pays pour explorer d'autres mondes. En quoi pouvait t'intéresser un *Austrian Jew* sans le sou ?

Je ne comprenais pas. Je ne savais pas quels liens invisibles se tissaient entre nous. Tu n'aimais pas parler de ton passé. Je comprendrai petit à petit quelle expérience fondatrice nous rendait d'emblée proches l'un de l'autre.

Nous nous sommes revus. Nous sommes encore allés danser. Nous avons vu ensemble *Le Diable au corps* avec Gérard Philipe. Il s'y trouve une séquence où l'héroïne demande au sommelier de changer une bouteille de vin déjà bien entamée, parce que, prétend-elle, elle sent le bouchon. Nous avons réédité cette manœuvre dans un dancing, et le sommelier, après vérification, a contesté notre diagnostic. Devant notre insistance, il s'est exécuté en nous prévenant : « Ne remettez jamais les pieds ici ! » J'ai admiré ton sang-froid et ton sans-gêne. Je me suis dit : « Nous sommes faits pour nous entendre. »

Au bout de notre troisième ou quatrième sortie, je t'ai enfin embrassée.

Nous n'étions pas pressés. J'ai dénudé ton corps avec précaution. J'ai découvert, coïncidence miraculeuse du réel avec l'imaginaire, l'Aphrodite de Milos devenue chair. L'éclat nacré de ta gorge illuminait ton visage. J'ai longuement contemplé, muet, ce miracle de vigueur et de douceur. J'ai compris avec toi que le plaisir n'est pas quelque chose qu'on prend ou qu'on donne. Il est manière de se donner et d'appeler le don de soi de l'autre. Nous nous sommes donnés l'un à l'autre entièrement.

Pendant les quelques semaines qui ont suivi, nous nous sommes retrouvés presque tous les soirs. Tu as partagé le vieux canapé défoncé qui me tenait lieu de lit. Il n'avait que soixante centimètres de large et nous dormions serrés l'un contre l'autre. À part le canapé, ma chambre ne contenait qu'une bibliothèque faite de planches et de briques, une immense table encombrée de papiers, une chaise et un réchaud électrique. Tu ne t'étonnais pas de mon cénobitisme. Je ne m'étonnais pas que tu l'acceptes.

Avant de te connaître, je n'avais jamais passé plus de deux heures avec une fille sans m'ennuyer et le lui faire sentir. Ce qui me captivait avec toi, c'est que tu me faisais accéder à un autre monde. Les valeurs qui avaient dominé mon enfance n'y avaient pas cours. Ce monde m'enchantait. Je pouvais m'évader en y entrant, sans obligations ni appartenance. Avec toi j'étais *ailleurs*, en un lieu étranger, étranger à moi-même. Tu m'offrais l'accès à une dimension d'altérité supplémentaire, — à moi qui ai toujours rejeté toute identité et ajouté les unes aux autres des identités dont aucune n'était la mienne. En te parlant en anglais, je faisais mienne *ta* langue. J'ai continué jusqu'à ce jour à m'adresser à toi en anglais, même quand tu répliques en français. L'anglais, que je connaissais principalement par toi et par les livres, a été dès le début pour moi comme une langue privée qui préservait notre intimité contre l'irruption des normes sociales ambiantes. J'avais l'impression d'édifier avec toi un monde protégé et protecteur.

La chose n'aurait pas été possible si tu avais eu un fort sentiment d'appartenance nationale, d'enracinement dans la culture britannique. Mais non. Tu avais à l'égard de tout ce qui est british un recul critique qui n'excluait pas la complicité avec ce qui vous est familier. Je disais de toi que tu étais une *export only*, c'est-à-dire un de ces produits réservés pour l'exportation et introuvables en Grande-Bretagne même.

Nous nous sommes passionnés tous les deux pour l'issue des élections en Grande-Bretagne, mais c'est parce que y était en jeu l'avenir du socialisme, non celui du Royaume-Uni. La pire injure qu'on pouvait te faire était d'expliquer par le patriotisme le parti que tu prenais. J'en aurai encore la preuve beaucoup plus tard, lors de l'invasion des Malouines par les forces argentines. À un illustre visiteur, qui prétendait expliquer par le patriotisme le parti que tu prenais, tu as répondu vertement que seuls les imbéciles pouvaient ne pas voir que l'Argentine menait cette guerre pour redorer le blason d'une exécrable dictature militaro-fasciste dont la victoire des Britanniques allait enfin précipiter l'effondrement.

Mais j'anticipe. Durant ces premières semaines me ravissait ta liberté vis-à-vis de ta culture d'origine mais aussi la substance de cette culture telle qu'elle t'a été transmise quand tu étais petite. Une certaine façon de tourner en dérision les plus sérieuses épreuves, une pudeur travestie en humour et tout particulièrement tes *nursery rimes* férocement *nonsensical* et savamment rythmées. Par exemple : « *Three blind mice / See how they run / They all run after the farmer's wife / Who cut off their tails with a carving knife / Did you ever see such fun in your life / as three blind mice ?* »

Je voulais que tu me racontes ton enfance dans sa réalité triviale. J'ai su que tu as grandi chez ton parrain, dans une maison avec jardin, au bord de la mer, avec ton chien Jock qui enterrait ses os dans les parterres et ne pouvait plus les retrouver ensuite ; que ton parrain avait un poste de TSF dont il fallait chaque semaine recharger les batteries. J'ai su que tu cassais régulièrement l'axe de ton tricycle en descendant la marche du trottoir sans te lever ; qu'à l'école tu as pris le crayon de la main gauche et t'es assise sur tes deux mains en défiant la maîtresse qui voulait te forcer à écrire de la main droite. Ton parrain, qui avait de l'autorité, t'a dit que la maîtresse était une imbécile et est allé la rabrouer. J'ai compris alors que l'esprit de sérieux et le respect de l'autorité te seraient toujours étrangers.

Mais rien de tout cela ne peut rendre compte du lien invisible par lequel nous nous sommes sentis unis dès le début. Nous avions beau être profondément dissemblables, je n'en sentais pas moins que quelque chose de fondamental nous était commun, une sorte de blessure originaire — tout à l'heure je parlais d'« expérience fondatrice » : l'expérience de l'insécurité. La nature de celle-ci n'était pas la même chez toi et chez moi. Peu importe : pour toi comme pour moi elle signifiait que nous n'avions pas dans le monde une place assurée. Nous n'aurons que celle que nous nous ferions. Nous avions à assumer notre autonomie et je découvrirai par la suite que tu y étais mieux préparée que moi.

Tu as vécu dans l'insécurité dès ta petite enfance. Ta mère s'était mariée très jeune. Elle a été séparée presque aussitôt de son mari par la guerre de 1914. Au bout de quatre ans, il est revenu invalide de guerre. Pendant plusieurs années, il a tenté de reprendre la vie de famille. Finalement, il est allé vivre dans une résidence militaire.

Ta mère, qui était presque aussi belle que toi si j'en crois les photos, a connu d'autres hommes. L'un d'eux, qui t'a toujours été présenté comme ton parrain, s'était retiré dans une petite ville de la côte après avoir parcouru le monde. Tu avais environ quatre ans quand ta mère t'a emmenée pour vivre avec lui. Mais leur couple n'a pas tenu. Ta mère est partie au bout d'environ deux ans en te laissant avec ton parrain, qui t'était très attaché.

Elle revenait vous voir souvent au cours des années qui ont suivi. Mais chacune de ses visites finissait par d'âpres querelles entre elle et celui que tu appelais « parrain » mais que tu savais, au fond de toi, être ton père. Chacun des deux t'appelait à prendre son parti contre l'autre.

J'imagine ton désarroi et ta solitude. Tu te disais que si c'est cela l'amour, si c'est cela un couple, tu préférais vivre seule et ne jamais être amoureuse. Et comme les querelles de tes parents portaient principalement sur des questions d'argent, tu te disais que l'amour doit mépriser l'argent pour être vrai.

Dès sept ans tu as su que tu ne pouvais faire confiance à aucun adulte. Ni à ta maîtresse, que ton parrain traitait d'imbécile; ni à tes parents qui te prenaient en otage; ni au pasteur qui, lors d'une de ses visites à ton parrain, s'était mis à déblatérer contre les Juifs. Tu lui as dit : « Mais Jésus était juif ! » « Ma chère enfant, a-t-il rétorqué, Jésus était le fils de Dieu. »

Tu n'avais aucune place à toi dans le monde des adultes. Tu étais condamnée à être forte parce que tout ton univers était précaire. J'ai toujours senti ta force en même temps que ta fragilité sous-jacente. J'aimais ta fragilité surmontée, j'admirais ta force fragile. Nous étions l'un et l'autre des enfants de la précarité et du conflit. Nous étions faits pour nous protéger mutuellement contre l'une et l'autre. Nous avions besoin de créer ensemble, l'un par l'autre, la place dans le monde qui nous a été originellement déniée. Mais, pour cela, il fallait que notre amour soit *aussi* un pacte pour la vie.

Je n'ai jamais formulé tout cela aussi clairement. Je le savais au fond de moi. Je sentais que tu le savais. Mais la route a été longue pour que ces évidences vécues se fraient un chemin dans ma façon de penser et d'agir.

Nous avons dû nous quitter à la fin de l'année. J'avais été séparé de ma famille à l'âge de seize ans ; je devais la revoir à presque vingt-cinq ans, la guerre étant finie. Elle m'était devenue aussi étrangère que ce qui avait été mon pays. J'étais décidé à revenir à Lausanne au bout de quelques semaines, mais tu devais craindre que la famille ne me retienne et me reprenne. Un ami nous a prêté son appartement pour nos deux derniers jours. Nous avons eu un vrai lit, une cuisine où tu as préparé un vrai repas. Nous sommes allés à la gare ensemble, en silence. Je pense aujourd'hui que nous aurions dû nous fiancer ce jour-là. À ce moment précis, j'y aurais été prêt. Sur le quai de la gare, j'ai sorti de ma poche la chaîne de montre en or que je devais rapporter à mon père et l'ai attachée autour de ton cou.

Pendant ma visite à Vienne, j'ai eu pour moi le grand salon de l'appartement, son piano à queue, sa bibliothèque, ses tableaux. Je m'y enfermais le matin, sortais en catimini explorer les ruines de la vieille ville, ne voyais les membres de ma famille qu'aux repas. Je réécrivais le chapitre 2 de l'Essai : « La conversion esthétique, la joie, le Beau » et lisais *Three Soldiers* de Dos Passos et *Le Concept de médiation dans la philosophie* de Hegel (je ne garantis pas l'exactitude du titre). Fin janvier, j'ai annoncé à ma mère que je rentrerais « chez moi », à Lausanne, pour mon anniversaire. « Mais qu'est-ce qui te retient là-bas ? » a-t-elle demandé. J'ai dit : « Ma chambre, mes livres, mes amis et une femme que j'aime. » Je ne t'avais envoyé qu'une seule lettre décrivant Vienne et la mentalité des miens, en souhaitant que tu ne les rencontres jamais. Ce jour-là, je t'ai envoyé un télégramme : « *Till Saturday dearest.* »

Je crois que tu étais déjà dans ma chambre quand je suis rentré. On pouvait ouvrir la serrure avec un canif ou une épingle à cheveux. Nous étions en février, le petit poêle à bois étant éteint, se mettre au lit était le seul moyen d'avoir chaud. La précision des souvenirs que j'ai gardés me dit à quel point je t'aimais, à quel point nous nous aimions.

Au cours des trois mois qui ont suivi, nous avons envisagé de nous marier. J'avais des objections de principe, idéologiques. Je tenais le mariage pour une institution bourgeoise ; considérais qu'il codifiait juridiquement et socialisait une relation qui, pour autant qu'elle était d'amour, liait deux personnes dans ce qu'elles avaient de moins social. Le rapport juridique avait tendance, et même avait pour mission, de s'autonomiser vis-à-vis de l'expérience et des sentiments des partenaires. Je disais aussi : « Qu'est-ce qui nous prouve que dans dix ou vingt ans notre pacte pour la vie correspondra au désir de ce que nous serons devenus ? »

Ta réponse était imparable : « Si tu t'unis avec quelqu'un pour la vie, vous mettez vos vies en commun et omettez de faire ce qui divise ou contrarie votre union. La construction de votre couple est votre projet commun, vous n'aurez jamais fini de le confirmer, de l'adapter, de le réorienter en fonction de situations changeantes. Nous serons ce que nous ferons ensemble. » C'était presque du Sartre.

En mai, nous étions parvenus à une décision de principe. Je l'ai communiquée à ma mère en la priant de nous envoyer les documents nécessaires. Elle a répondu en m'envoyant une expertise graphologique qui établissait que nous avions, toi et moi, des caractères incompatibles. Je me souviens du 8 mai. C'est le jour où ma mère est arrivée à Lausanne. J'avais décidé que nous irions la trouver ensemble à son hôtel, à quatre heures.

Tu t'es assise dans le hall de l'hôtel pendant que j'allais prévenir ma mère. Elle était allongée sur le lit avec un livre. « Je suis venu avec Dorine, ai-je dit. Je veux te la présenter. » « Qui est Dorine ? a demandé ma mère. Qu'est-ce que j'ai à faire avec elle ? » « Nous allons nous marier. » Ma mère était hors d'elle. Elle a fait valoir toutes les raisons pour lesquelles ce mariage était hors de question. « Elle t'attend en bas, ai-je dit. Tu ne veux pas la voir ? » « Non. » « Alors je m'en vais. »

« Viens, on part, t'ai-je dit. Elle ne veut pas

te voir. » Tu as eu à peine le temps de ramasser tes affaires que ma mère, très grande dame, descendait l'escalier en s'exclamant : « Dorine, ma chère, comme je suis heureuse de faire enfin ta connaissance ! » Ton aisance souveraine, sa distinction affichée : comme j'ai été fier de toi devant cette grande dame qui se vantait de l'éducation qu'elle avait donnée à son fils ! Comme j'étais fier de ton mépris pour les questions d'argent qui, pour ma mère, étaient un obstacle rédhibitoire à notre union.

Tout maintenant aurait pu devenir très simple. La plus radieuse créature de la Terre était prête à partager sa vie avec moi. Tu étais invitée dans la « bonne société » que je n'avais jamais fréquentée ; les amis m'enviaient ; les hommes se retournaient sur toi quand nous marchions la main dans la main. Pourquoi avais-tu choisi cet *Austrian Jew* sans le sou ? Sur le papier, j'étais capable de montrer — en invoquant Héro et Léandre, Tristan et Iseult, Roméo et Juliette — que l'amour est la fascination réciproque de deux sujets dans ce qu'ils ont de moins dicible, de moins socialisable, de réfractaire aux rôles et aux images d'eux-mêmes que la société leur impose, aux appartenances culturelles. Nous pouvions presque tout mettre en commun parce que nous n'avions presque rien au départ. Il suffisait que je consente à vivre ce que je vivais, à aimer plus que tout ton regard, ta voix, ton odeur, tes doigts fuselés, ta façon d'habiter ton corps pour que tout l'avenir s'ouvre à nous.

Seulement voilà : tu m'avais fourni la possibilité de m'évader de moi-même et de m'installer dans un ailleurs dont tu étais la messagère. Avec toi je pouvais mettre ma réalité en vacances. Tu étais le complément de l'irréalisation du réel, moi-même y compris, auquel je procédais depuis sept ou huit ans par l'activité d'écrire. Tu étais porteuse pour moi de la mise entre parenthèses du monde menaçant dans lequel j'étais un réfugié à l'existence illégitime, dont l'avenir ne dépassait jamais trois mois. Je n'avais pas envie de revenir sur terre. Je trouvais refuge dans une expérience merveilleuse et refusais qu'elle soit rattrapée par le réel. Je refusais au fond de moi ce qui, dans l'idée et la réalité du mariage, implique ce retour au réel. Aussi loin que je me souvienne, j'avais toujours cherché à ne pas exister. Tu as dû travailler des années durant pour me faire assumer mon existence. Et ce travail, je crois bien, n'a jamais été achevé.

Il y a plusieurs autres manières d'expliquer ma réticence devant le mariage. Elle a des dimensions théoriques, idéologiques qui la rationalisent. Mais leur sens premier a été celui que je viens de résumer.

Je faisais donc sans entrain les démarches administratives qu'exigeait notre mariage. J'aurais dû réaliser qu'il n'avait aucun rapport, dans ton esprit, avec une légalisation, une socialisation de notre union. Il devait tout simplement signifier que nous étions ensemble pour de bon, que j'étais prêt à conclure avec toi ce pacte pour la vie par lequel chacun promettait à l'autre sa loyauté, son dévouement et sa tendresse. Tu as toujours été fidèle à ce pacte. Mais tu n'étais pas sûre alors que je sache y rester fidèle. Mes réticences, mes silences alimentaient tes doutes. Jusqu'au jour d'été où tu m'as dit calmement que tu ne voulais plus attendre que je me décide. Tu pouvais comprendre que je ne veuille pas faire ma vie avec toi. Tu préférais dans ce cas me quitter avant que notre amour s'abîme dans les querelles et les trahisons. « Les hommes ne savent pas rompre, disais-tu. Les femmes préfèrent que la rupture soit nette. » Le mieux, proposais-tu, était que nous nous séparions pendant un mois pour me donner le temps de décider ce que je voulais.

J'ai su à ce moment-là que je n'avais besoin d'aucun délai de réflexion ; que je te regretterais toujours si je te laissais partir. Tu étais la première femme que j'ai pu aimer corps et âme, avec laquelle je me sentais en résonance profonde ; mon premier vrai amour, pour tout dire. Si j'étais incapable de t'aimer pour de bon, je ne saurais jamais aimer personne. J'ai trouvé des mots que je n'avais jamais su prononcer ; des mots pour te dire que je voulais que nous soyons unis pour toujours.

Tu es partie deux jours plus tard chez des amis qui avaient un grand domaine agricole. Tu avais séjourné chez eux au lendemain de la guerre. Tu avais alors élevé un agneau au biberon qui, comme dans une de tes *nursery rimes*, te suivait partout où tu allais. J'ai pensé au bonheur que te procuraient les animaux, au propriétaire du domaine qui était amoureux de toi et convaincu que tu accepterais de l'épouser après ton séjour « sur le continent ».

Tu m'avais promis de revenir mais je n'étais pas entièrement rassuré. Tu pouvais faire ta vie sans moi plus facilement qu'avec moi. Tu n'avais besoin de personne pour te faire ta place dans le monde. Tu avais une autorité naturelle, le sens du contact et de l'organisation ; tu avais de l'humour ; tu étais à l'aise et mettais les autres à l'aise dans toutes les situations ; tu devenais rapidement la confidente et la conseillère des personnes que tu côtoyais. Tu saisissais intuitivement, avec une rapidité étonnante, les problèmes des autres et les aidais à voir clair en eux-mêmes. Je t'écrivais tous les jours aux bons soins d'une veuve de guerre très âgée qui vivait à Londres avec une livre par semaine. Tu l'aimais beaucoup. Mes lettres étaient tendres. J'étais conscient d'avoir besoin de toi pour trouver mon chemin ; de ne pouvoir aimer que toi.

Tu es revenue vers la fin de l'été partager mon dénuement. Tu t'es insérée dans la vie lausannoise plus facilement que je l'avais jamais fait. Je fréquentais principalement des membres d'une association d'anciens étudiants en lettres. Au bout de quelques mois, ton cercle d'amis — et d'amies admiratives — était plus étendu que le mien. Tu faisais partie d'une compagnie théâtrale fondée par Charles Apothéloz. Sa troupe s'appelait *Les Faux Nez*, titre d'une pièce qu'« Apoth » avait écrite d'après un scénario de Sartre publié dans *La Revue du cinéma* en 1947. Tu participais aux répétitions de cette pièce et as joué dans trois représentations à Lausanne et à Montreux.

Grâce au théâtre, tes connaissances du français ont sûrement fait des progrès plus rapides que grâce à moi. Je prétendais te faire utiliser une méthode allemande qui consiste à apprendre par cœur au moins trente pages d'un livre. Nous avions choisi *L'Étranger* de Camus qui commence ainsi : « Aujourd'hui maman est morte. Ou peut-être hier. J'ai reçu un télégramme de l'asile : "Mère décédée.

Enterrement demain. Sentiments distingués". » Cette première page continue aujourd'hui encore à nous faire rire quand nous nous la récitons.

En peu de temps, tu as réussi à gagner plus d'argent que moi : par des leçons d'anglais d'abord, puis comme secrétaire d'une écrivain britannique devenue aveugle. Tu lui faisais la lecture, elle te dictait son courrier, tu la promenais l'après-midi pendant une heure en la guidant par le bras. Elle te payait, au noir évidemment, la moitié de ce qu'il nous fallait pour subsister. Tu prenais ton travail à huit heures et, quand tu rentrais à déjeuner, je venais à peine de me lever. J'écrivais jusqu'à une heure ou trois heures de la nuit. Tu n'as jamais protesté. J'en étais au deuxième tome de l'Essai qui devait différencier les rapports individuels avec autrui selon une hiérarchie ontologique. J'ai eu beaucoup de difficultés avec l'amour (auquel Sartre avait consacré environ trente pages de *L'Être et le Néant*) car il est impossible d'expliquer philosophiquement pourquoi on aime et veut être aimé par telle personne précise à l'exclusion de toute autre.

À l'époque, je n'ai pas cherché la réponse à cette question dans l'expérience que j'étais en train de vivre. Je n'ai pas découvert, comme je viens de le faire ici, quel était le socle de notre amour. Ni que le fait d'être obsédé, à la fois douloureusement et délicieusement, par la coïncidence toujours promise et toujours évanescente du goût que nous avons de nos corps — et quand je dis corps je n'oublie pas que « l'âme *est* le corps » chez Merleau-Ponty aussi bien que chez Sartre — renvoie à des expériences fondatrices plongeant leurs racines dans l'enfance : à la découverte première, originaire, des émotions qu'une voix, une odeur, une couleur de peau, une façon de se mouvoir et d'être, qui seront pour toujours la norme idéale, peuvent faire résonner en moi. C'est cela : la passion amoureuse est une manière d'entrer en résonance avec l'autre, corps et âme, et avec lui ou elle seuls. Nous sommes en deçà et au-delà de la philosophie.

Nos années de galère ont pris fin provisoirement en été 1949. Parce que nous militions tous deux pour les «Citoyens du monde» et vendions leur journal, à la criée, dans les rues de Lausanne, leur secrétaire international, René Bovard, qui avait fait de la prison pour objection de conscience, m'a proposé de devenir son secrétaire à Paris : le secrétaire du secrétaire. Pour la première fois de ma vie, j'ai été embauché avec un salaire normal. Nous avons découvert Paris ensemble. Et comme dans tous les emplois que j'ai occupés par la suite, tu assumais ta part dans le travail que j'avais à faire. Tu venais souvent au bureau aider au dépouillement et au classement des dizaines de milliers de lettres qui étaient restées en souffrance. Tu participais à la rédaction des circulaires en anglais. Nous nous liions avec des étrangers qui venaient visiter le bureau et les invitions à déjeuner. Nous n'étions plus unis dans notre vie privée seulement, nous l'étions aussi par une activité commune dans la sphère publique.

Sauf qu'à partir de dix heures du soir je me remettais à l'Essai jusqu'à deux ou trois heures du matin. *« Come to bed »*, disais-tu à partir de trois heures. Je répondais : *« I am coming »* et toi : *« Don't be coming, come ! »* Il n'y avait aucun reproche dans ta voix. J'aimais que tu me réclames tout en me laissant tout le temps dont j'avais besoin.

Tu t'étais unie, disais-tu, avec quelqu'un qui ne pouvait vivre sans écrire et tu savais que celui qui veut être écrivain a besoin de pouvoir s'isoler, de prendre des notes à toute heure du jour ou de la nuit ; que son travail sur le langage se poursuit bien après qu'il a posé le crayon, et peut prendre totalement possession de lui à l'improviste, au beau milieu d'un repas ou d'une conversation. « Si seulement je pouvais savoir ce qui se passe dans ta tête », disais-tu parfois devant mes longs silences rêveurs. Mais tu le savais pour avoir toi-même passé par là : un flux de mots cherchant leur ordonnancement le plus cristallin ; des bribes de phrases continuellement remaniées ; des aurores d'idées menaçant de s'évanouir si un mot de passe ou un symbole ne réussit pas à les fixer dans la mémoire.

Aimer un écrivain, c'est aimer qu'il écrive, disais-tu. « Alors écris ! »

Nous ne soupçonnions pas qu'il me faudrait encore six ans pour finir l'Essai. Aurais-je persévéré si je l'avais su ? « J'en suis sûre », dis-tu. Ce n'est pas *ce* qu'il écrit qui est le but premier de l'écrivain. Son besoin premier est d'écrire. Écrire, c'est-à-dire se faire absent du monde et de lui-même pour, éventuellement, en faire la matière d'élaborations littéraires. Ce n'est que secondairement que se pose la question du « sujet » traité. Le sujet est la condition nécessaire, nécessairement contingente de la production d'écrits. N'importe quel sujet est le bon pourvu qu'il permette d'écrire. Pendant six ans, jusqu'en 1946, je tenais un « journal ». J'écrivais pour conjurer l'angoisse. N'importe quoi. J'étais un écriveur. L'écriveur deviendra écrivain quand son besoin d'écrire sera soutenu par un sujet qui permet et exige que ce besoin s'organise en projet. Nous sommes des millions à passer notre vie à écrire sans jamais rien achever ni publier. Tu avais toi-même passé par là. Tu savais, dès le début, qu'il te faudrait protéger mon projet indéfiniment.

Nous nous sommes mariés au début de l'automne 1949. Il ne nous est pas venu à l'esprit de demander le congé auquel nous avions droit. Je crois que mon salaire n'était pas déclaré. Nous mettions de côté, sur un livret d'épargne, ce que nous gagnions en sus du salaire minimum, convaincus de la précarité de mon emploi aux Citoyens du monde.

Quand, au printemps 1950, les Citoyens du monde m'ont mis en chômage, tu as dit simplement : « Nous saurons bien nous débrouiller sans eux. » Tu as fait face presque gaiement à une longue année de galère. Tu étais le roc sur lequel notre couple pouvait se bâtir. Je ne sais pas comment tu as fait pour dénicher les petits boulots. Tu posais le matin comme modèle à la Grande Chaumière. Un peintre amateur, retraité des assurances, te faisait poser deux heures par jour pour faire ton portrait. Tu as trouvé des élèves pour tes leçons d'anglais. Un Italien, que nous avions dépanné quand nous étions aux Citoyens du monde, t'a embauchée avec cinq ou six autres personnes pour la collecte des vieux papiers.

Tu as été guide pour des groupes d'écoliers anglais dont tu organisais une semaine de visites. Ils étaient toujours étonnés de découvrir aux Invalides le culte que la France vouait à Napoléon. Pour eux, il n'était qu'un dictateur qui avait été vaincu par Wellington et déporté dans une île britannique. Tu leur expliquais. Plusieurs enseignants et écoliers ont continué pendant des années à t'écrire. Tu étais toi-même dans tout ce que tu faisais. La galère te donnait des ailes. Moi, elle me faisait tomber dans la déprime.

Est-ce à ce moment-là, ou avant, ou après ? C'était en tout cas en été, nous admirions les acrobaties aériennes des hirondelles dans la cour de l'immeuble et tu as dit : « Que de liberté pour si peu de responsabilité ! » Au déjeuner, tu m'as annoncé : « Sais-tu que tu ne m'as pas dit un mot depuis trois jours ? » Je me demande si, avec moi, tu ne te sentais pas plus seule que si tu avais vécu seule.

Je ne t'ai jamais dit à l'époque les raisons de mon humeur sombre. J'aurais eu honte.

J'admirais ton assurance, ta confiance en l'avenir, ta capacité à saisir les instants de bonheur qui s'offraient. J'ai aimé qu'un jour tu aies déjeuné avec Betty en mangeant seulement un grand cornet de cerises noires dans le square de la place Saint-Germain. Tu avais plus d'amies que moi. Pour moi la galère avait un visage angoissant. Je n'avais qu'une carte de résident temporaire et, pour la faire proroger, il me fallait un emploi. Je suis allé à Pantin où une entreprise chimique cherchait un documentaliste-traducteur mais j'étais trop qualifié pour ce poste. J'ai été me présenter à une séance de recrutement d'agents d'assurance, mais le travail consistait à faire du porte-à-porte et à baratiner de pauvres gens pour leur faire signer un contrat. Grâce à l'entremise de Sartre, j'ai obtenu que Marcel Duhamel me laisse traduire une Série noire, mais cela ne représentait que six semaines de travail, sans suite. J'ai passé à l'Unesco un test de traducteur d'allemand dont je suis sorti deuxième sur une trentaine de candidats. J'allais chaque mois à l'Unesco pour voir s'il y avait un poste vacant, de quelque nature que ce fût. Non. Je découvrais qu'on ne peut arriver à rien sans « relations » mais nous n'en avions point. Je n'avais aucun contact dans le milieu intellectuel ni personne avec qui échanger les idées nées de mon imagination philosophique, fertile en ce temps. J'étais en situation d'échec. Ta confiance me consolait mais ne me rassurait pas. Finalement, grâce au contact que j'avais établi à l'Unesco, j'ai trouvé un emploi temporaire à l'ambassade de l'Inde, comme secrétaire de l'attaché militaire. Je donnais deux heures de leçons par jour à ses filles et rédigeais des rapports sur l'équilibre des forces en Europe, rapports qu'il envoyait tels quels à son gouvernement. Cela me permettait au moins d'exercer une partie de mes talents. J'avais le sentiment que je ne te valais pas ; que tu méritais mieux.

Cette période de galère a pris fin au printemps 1951. Grâce à un journaliste célèbre que nous a présenté Jane, une amie américaine que nous voyions souvent, j'ai trouvé un travail qui était comme fait pour moi : je devais m'occuper de la revue de la presse étrangère à laquelle un journal du soir, *Paris-Presse*, allait consacrer quotidiennement une page entière. La rédaction se trouvait dans un immeuble croulant de la rue du Croissant, tout près du café où Jean Jaurès avait été assassiné.

La « revue de presse » recevait chaque jour environ quarante journaux ou hebdomadaires : toutes les publications britanniques, des plus sérieuses aux plus frivoles ; tous les hebdomadaires américains, plus trois quotidiens dont les deux kilos de papier alimentaient le petit poêle en tôle qui chauffait notre pièce unique ; la presse allemande, suisse, belge ; ainsi que deux quotidiens italiens. Nous n'étions que deux journalistes à exploiter cette masse d'informations. Je suis donc devenu rapidement le rédacteur principal de ce service. Tu venais souvent à la rédaction dépouiller une bonne partie des publications en anglais, découper et classer les articles de fond. Ton élégance et ton humour britannique faisaient monter ma cote auprès des chefs. J'accumulais une culture journalistique encyclopédique sur à peu près tous les pays et toutes les questions, y compris technoscientifiques, médicales et militaires. Grâce aux dizaines de dossiers que tu alimentais jour après jour, je pouvais, en une nuit, écrire une page entière du journal sur à peu près tout et n'importe quoi.

Tu as continué pendant les trente années qui ont suivi à mettre à jour, étoffer, gérer la documentation que tu as constituée à partir de 1951. Elle m'a suivi à *L'Express* en 1955, au *Nouvel Observateur* en 1964. Mes employeurs ultérieurs savaient que je ne pourrais me passer de toi.

Notre espace de vie commune n'avait encore jamais été aussi étendu qu'après mon entrée dans ce journal. Nous étions complémentaires. En plus de la « revue de presse », travail à plein temps, j'étais employé à mi-temps au service étranger. J'étais parfaitement « chez moi » dans ce travail : il consistait à me situer ailleurs, à ne m'occuper que de ce qui était étranger à mon entourage et au public pour lequel j'écrivais ; à me produire absent. Je distillais un regard étranger sur le monde, apprenais à m'effacer devant les faits, à leur faire dire ce que je pensais. J'apprenais les ruses de l'objectivité. J'étais à ma place à force de n'y être pas. L'Essai ne m'accaparait plus que de dix heures du soir à minuit et pendant les fins de semaine.

C'eût été une période plutôt heureuse si nous n'avions dû quitter la chambre qu'une amie, dont nous avions fait la connaissance à Lausanne, nous prêtait depuis trois ans, rue des Saints-Pères. Nous n'avons trouvé que deux petites chambres mansardées séparées par le palier, dans un immeuble du onzième. Jusque-là nous avions vécu dans la pauvreté, jamais dans la laideur. Nous avons découvert qu'on est plus pauvre rue Saint-Maur qu'à Saint-Germain-des-Prés même si on gagne plus d'argent. Tu avais le sentiment d'être en exil dans ce quartier. Quand tu ne venais pas au journal, tu étais isolée. Tu voyais plus rarement tes amis, éloignés d'une bonne demi-heure de métro. En sortant de la maison, où que tu ailles, il n'y avait que rues désertes, commerces poussiéreux. Tu devenais triste.

Après deux ou trois ans de cet exil, nous sommes entrés dans une période heureuse. J'ai été engagé à *L'Express*. La documentation que tu avais constituée a été un atout dans mon embauche. J'en garde le souvenir précis que voici.

L'Express était devenu quotidien pour soutenir la campagne électorale de Mendès France en 1955-56. Quand le journal est redevenu hebdomadaire, les journalistes du quotidien, dont j'étais, allaient être éliminés à moins de faire leurs preuves dans les premiers numéros de la nouvelle formule. Je me souviens avoir écrit un papier sur la coexistence pacifique en citant un discours dans lequel Eisenhower, trois ans plus tôt, avait mis en évidence tout ce qui rapprochait les peuples américain et soviétique. Personne, à l'époque, ne signait ses articles dans *L'Express*. JJSS a cité le mien comme un modèle du genre, en concluant : « Voilà quelqu'un qui connaît la valeur d'une bonne documentation. » Nous avons, toi et moi, acquis la réputation d'être inséparables, « obsessionnellement attentifs l'un à l'autre », écrira plus tard Jean Daniel.

J'ai réussi à terminer l'Essai au cours de ces mêmes semaines et, quelques jours plus tard, nous avons trouvé rue du Bac, à un prix étonnamment bas, un petit appartement en mauvais état. Tout ce que nous avions espéré était sur le point de se réaliser.

J'ai raconté ailleurs l'accueil que Sartre a fait à l'énorme masse de feuillets que je lui ai remise. J'ai compris alors ce que je savais depuis le commencement : ce manuscrit n'allait pas trouver d'éditeur, même si Sartre le recommandait (« vous surestimez mon pouvoir », dit-il). Tu as été le témoin de mon humeur sombre, puis de ma fuite en avant : j'ai commencé à écrire une autocritique dévastatrice qui allait devenir le début d'un nouveau livre.

Je me suis demandé comment tu pouvais supporter l'échec d'un travail auquel j'avais tout subordonné depuis que tu me connaissais. Et voici que, pour m'en dégager, je me lançais tête baissée dans une nouvelle entreprise qui allait m'accaparer pendant Dieu sait combien de temps. Mais tu ne montrais ni trouble ni impatience. « Ta vie, c'est d'écrire. Alors écris », répétais-tu. Comme si ta vocation était de me conforter dans la mienne.

Notre vie a changé. Notre petit appartement attirait les visiteurs. Tu avais ton cercle d'amis qui venaient en fin d'après-midi prendre un whisky. Tu organisais plusieurs fois par semaine des dîners ou des déjeuners. Nous habitions le centre du monde. La différence entre nos contacts, nos informateurs et nos amis s'estompait. Branko, un diplomate yougoslave, était tout cela à la fois. Il avait commencé comme responsable du Centre d'information yougoslave, avenue de l'Opéra, et avait fini premier secrétaire de l'ambassade.

Grâce à lui, nous avons fait la connaissance de certains intellectuels français et étrangers qui ont beaucoup compté.

Tu avais ton propre cercle, ta propre vie tout en participant pleinement à la mienne. À notre premier réveillon avec le Castor, Sartre et la « famille » des *Temps modernes*, Sartre t'a entreprise avec une intense attention et la jubilation se lisait sur son visage quand tu lui as répondu avec l'aisance irrespectueuse que tu manifestais aux grands de ce monde. Je ne sais si c'est à cette occasion ou plus tard que l'un de ses amis m'a gravement mis en garde : « Mon petit G., fais attention. Ta femme est plus belle que jamais. Si je décide de lui faire la cour, je serai ir-ré-sis-tible. »

C'est à la rue du Bac que tu es devenue pleinement toi-même. Tu as changé ta voix virginale de petite Anglaise (la voix que n'a cessé de cultiver Jane Birkin, entre autres) en une voix posée et grave. Tu as réduit le volume de ta superbe chevelure, dans laquelle j'aimais enfouir mon visage. Tu n'as conservé qu'un soupçon d'accent anglais. Tu lisais Beckett, Sarraute, Butor, Calvino, Pavese. Tu suivais les cours de Claude Lévi-Strauss au Collège de France. Tu as voulu apprendre l'allemand et as acheté les livres nécessaires. Je t'en ai empêchée. « Je ne veux pas que tu apprennes un seul mot de cette langue, t'ai-je dit. Je ne parlerai plus jamais l'allemand. » Tu pouvais comprendre cette attitude de la part d'un *Austrian Jew*.

Nous avons fait ensemble presque tous les

reportages que j'ai réalisés en France et à l'étranger. Tu m'as rendu conscient de mes limites. Je n'ai jamais oublié la leçon qu'ont été pour moi les trois jours passés à Grenoble avec Mendès France. C'était un de nos tout premiers reportages. Nous avons pris nos repas avec Mendès, visité avec lui ses amis, assisté à ses entretiens avec les notables de la ville. Tu savais que, parallèlement à ces entretiens, j'allais discuter avec des militants cédétistes pour qui les grands patrons grenoblois n'incarnaient pas précisément «les forces vives de la nation». Tu as beaucoup insisté pour que Mendès lise mon «reportage» avant que je l'envoie. Il t'en a été reconnaissant. «Si vous publiez ça, m'a-t-il dit, je ne pourrai plus remettre les pieds dans cette ville.» Il semblait plus amusé que fâché ; comme s'il trouvait normal qu'à mon âge et à ma place je préfère le radicalisme au sens des réalités politiques.

J'ai réalisé ce jour-là que tu avais plus de sens politique que moi. Tu percevais des réalités qui m'échappaient, faute de correspondre à ma grille de lecture du réel. Je suis devenu un peu plus modeste. J'ai pris l'habitude de te faire lire mes articles et manuscrits avant de les remettre. Je tenais compte de tes critiques en maugréant : « Pourquoi faut-il que tu aies toujours raison ! »

La base sur laquelle se construisait notre couple a changé au cours de ces années. Notre rapport est devenu le filtre par lequel passait mon rapport au réel. Une inflexion s'est opérée dans notre rapport. Longtemps tu t'es laissé intimider par mon côté péremptoire ; tu y soupçonnais l'expression de connaissances théoriques que tu ne maîtrisais pas. Petit à petit, tu as refusé de te laisser influencer. Mieux : tu te rebellais contre les constructions théoriques et tout particulièrement contre les statistiques. Celles-ci sont d'autant moins probantes, disais-tu, qu'elles n'ont de sens que par leur interprétation. Or celle-ci ne peut prétendre à la rigueur mathématique à laquelle la statistique prétend devoir son autorité. J'avais besoin de théorie pour structurer ma pensée et t'objectais qu'une pensée non structurée menace toujours de sombrer dans l'empirisme et l'insignifiance. Tu répondais que la théorie menace toujours de devenir un carcan qui interdit de percevoir la complexité mouvante du réel. Nous avons eu ces discussions des dizaines de fois et savions d'avance ce que l'autre allait répondre. Elles relevaient finalement du jeu. Mais à ce jeu tu tenais le bon bout. Tu n'avais pas eu besoin des sciences cognitives pour savoir que sans intuitions ni affects il n'y a ni intelligence ni sens. Tes jugements revendiquaient imperturbablement le fondement de leur certitude vécue, communicable mais non démontrable. L'autorité — appelons-la éthique — de ces jugements n'a pas besoin du débat pour s'imposer. Tandis que l'autorité du jugement théorique s'effondre s'il ne peut emporter la conviction par le débat. Mon «pourquoi faut-il que tu aies toujours raison» n'avait pas d'autre sens. Je crois que j'avais de ton jugement un besoin plus grand que toi du mien.

Notre période «rue du Bac» a duré dix ans. Je ne veux pas les retracer mais dégager leur sens : celui d'une mise en commun croissante de nos activités en même temps que d'une différenciation croissante de nos images respectives de nous-mêmes. Cette tendance a continué de s'affirmer par la suite. Tu avais toujours été plus adulte que moi et le devenais davantage encore. Tu déchiffrais dans mon regard une « innocence » d'enfant ; tu aurais pu dire « naïveté ». Tu te développais sans ces prothèses psychiques que sont les doctrines, théories et systèmes de pensée. J'en avais besoin pour me situer dans le monde intellectuel, quitte à les mettre en question. C'est rue du Bac que j'ai écrit les trois quarts du *Traître* et les trois essais suivants.

Le Traître a paru en 1958, dix-huit mois après la remise du manuscrit. À peine vingt-quatre heures après que je l'eus déposé au Seuil, tu as reçu un coup de téléphone de Francis Jeanson qui te demandait : « Qu'est-ce qu'il fait maintenant ? » « Il ne s'arrête pas d'écrire », as-tu répondu. Tu as compris que Jeanson était décidé à faire publier ce manuscrit.

Tu as souvent dit que ce livre m'a transformé à mesure que je l'écrivais. « Après l'avoir terminé, tu n'étais plus le même. » Je pense que tu te trompais. Ce n'est pas de l'écrire qui m'a permis de changer ; c'est d'avoir produit un texte publiable et de le voir publié. Sa publication a changé ma situation. Elle m'a conféré une place dans le monde, elle a conféré une réalité à ce que je pensais, une réalité qui excédait mes intentions, qui m'obligeait à me redéfinir et à me dépasser continuellement pour ne devenir le prisonnier ni de l'image que les autres se faisaient de moi, ni d'un produit devenu autre que moi par sa réalité objective. Magie de la littérature : elle me faisait accéder à l'existence en tant même que je m'étais décrit, *écrit* dans mon refus d'exister. Ce livre était le produit de mon refus, *était* ce refus et, par sa publication, m'empêchait de persévérer dans ce refus. C'est précisément ce que j'avais espéré et que seule la publication pouvait me permettre d'obtenir : être obligé de m'engager plus avant que je ne le pouvais par ma solitaire volonté, et de me poser des questions, de poursuivre des fins que je n'avais pas définies tout seul.

Le livre ne deviendra donc pas opérant par le travail de son élaboration. Il deviendra opérant progressivement dans la mesure où il me confrontera à des possibilités et à des rapports aux autres imprévus initialement. Il deviendra opérant, me semble-t-il, en 1959, quand JJSS me découvre des compétences politico-économiques : je n'ai plus à m'occuper exclusivement de l'*étranger*. L'activité d'écrire peut se charger de la présence aux autres et du poids des réalités matérielles. *Le Vieillissement* sera mon adieu à l'adolescence, mon renoncement à ce que Deleuze-Guattari appelleront « l'illimitation du désir » et que Georges Bataille appelait « l'omnitude du possible » que l'on n'approche que par le refus indéfini de toute détermination : la volonté de n'être Rien se confond avec celle d'être Tout. À la fin du *Vieillissement* se trouve cette auto-exhortation : « Il faut accepter d'être fini : d'être ici et nulle part ailleurs, de faire ça et pas autre chose, maintenant et non jamais ou toujours [...] d'avoir cette vie seulement. »

Jusqu'en 1958 ou 59, j'étais conscient qu'en écrivant *Le Traître* je n'avais pas liquidé mon désir «d'être Rien, nul, tout entier au-dedans de moi-même, non objectivable et non identifiable». Assez conscient pour noter que «cette réflexion sur moi-même confirmait et prolongeait nécessairement le choix fondamental [de l'inexistence] et ne pouvait donc espérer [le] remanier». Et cela non seulement parce qu'elle ne m'engageait pas, mais aussi parce que *je* ne *m'y* engageais pas vraiment. J'avais pris le parti d'écrire à la troisième personne pour éviter la complicité avec — la complaisance envers — moi-même. La troisième personne me tenait à distance de moi-même, elle me permettait de dresser dans un langage neutre, codé, un portrait quasi clinique de ma manière d'être et de fonctionner. Ce portrait était souvent féroce et chargé de dérision. J'évitais le piège de la complaisance pour tomber dans cet autre piège : je me complaisais dans la férocité de l'autocritique. J'étais le pur regard invisible, étranger à ce qu'il voit. Je transformais ce que je parvenais à comprendre de moi en connaissance de moi et, ce faisant, je ne coïncidais jamais avec ce moi que je connaissais comme Autre. Cet essai ne cessait d'affirmer : « Voyez, je suis supérieur à qui je suis. » J'ai besoin de t'expliquer tout cela parce que cette attitude éclaire bien des choses.

Je n'ai lu que fugitivement les épreuves du *Traître*. Je n'ai jamais relu aucun des textes de moi qui étaient devenus des livres. Je déteste l'expression « mon livre » : j'y vois le propre d'une vanité par laquelle un sujet se pare des qualités que lui confèrent les autres en tant qu'il est lui-même un Autre. Le livre n'est plus « ma pensée » puisqu'elle est devenue un objet au milieu du monde qui appartient aux autres et m'échappe. Avec *Le Traître*, j'avais précisément voulu ne pas « écrire un livre ». Je ne voulais pas livrer le résultat d'une recherche mais écrire cette recherche elle-même en train de s'effectuer, avec ses découvertes à l'état naissant, ses ratés, ses fausses pistes, son élaboration tâtonnante d'une méthode, jamais achevée. Conscient que, « quand tout aura été dit, tout reste encore à dire, toujours tout restera encore à dire » — autrement dit : c'est le *dire* qui importe non le *dit* — ce que j'avais écrit m'intéressait beaucoup moins que ce que je pourrais écrire ensuite. Je pense que cela est vrai pour tout écriveur/écrivain.

La recherche s'arrête en fait avec le deuxième chapitre. Dès avant le troisième, je sais *trop bien* ce que je vais trouver et conclure. Maurice Blanchot l'a remarqué dans son long article : la conclusion (le chapitre « Je ») donne seulement une forme cohérente, synthétique au diagnostic qui se trouve déjà dans le premier chapitre. Elle n'offre aucune découverte. Les troisième et quatrième chapitres sont colonisés par des thèmes, des réflexions annonçant l'ouvrage suivant, qui les développe.

Le chapitre intitulé « Toi », surchargé de digressions, en a fait les frais. Je l'ai découvert avec consternation après la sortie du *Traître* en édition Folio. J'en avais à peine regardé les épreuves, sauf à y reporter les neuf ou dix pages de coupes que, dans le chapitre intitulé « Toi », j'avais faites vingt ans plus tôt pour l'édition anglaise chez Verso. Ces coupes portaient en particulier sur une polémique avec Romain Rolland et sur une énorme « note en bas de page » couvrant quatre pleines pages en caractères minuscules. Cette digression sur philosophie et révolution s'intercalait dans la mise en évidence de « [ma] façon de ramener les conflits personnels à une figure du Conflit » ; de « [m']évader dans le royaume des idées où toutes choses ne sont qu'illustrations contingentes d'une idée générale ». Dénoncer cette attitude ne m'empêchait nullement d'y persévérer. La suite du chapitre en offre des exemples quasi caricaturaux.

Le chapitre devait marquer le tournant majeur de ma vie. Il devait montrer comment mon amour pour toi, mieux : la découverte avec toi de l'amour, allait enfin m'amener à vouloir exister ; et comment mon engagement avec toi allait devenir le ressort d'une conversion existentielle. Le récit s'arrête donc huit ans avant la rédaction du *Traître*, avec le serment de ne jamais me laisser séparer de toi. Le « programme » est alors rempli. Point d'orgue. Et le chapitre change de sujet, décrit la centralité de l'argent, critique le modèle de consommation et le mode de vie capitalistes, etc., toutes choses qui seront l'objet de l'ouvrage suivant.

L'ennui, c'est qu'il n'y a aucune trace de

conversion existentielle dans ce chapitre ; aucune trace de ma, de notre découverte de l'amour, ni de notre histoire. Mon serment reste formel. Je ne l'assume pas, ne le concrétise pas. Au contraire, je cherche vainement à le justifier au nom de principes universels, comme si j'en avais honte. J'ai même la lucidité de noter : « N'est-il pas évident que je parlais de Kay comme d'une faiblesse et sur un ton d'excuse, comme s'il fallait s'excuser de vivre ? »

Qu'est-ce donc qui me motive dans ce chapitre, comme d'ailleurs dans tout le livre ? Pourquoi est-ce que je parle de toi avec une sorte de condescendance désinvolte ? Pourquoi, dans le peu de place que je t'y donne, es-tu défigurée, humiliée ? Et pourquoi les bribes allusives de notre histoire s'entrecroisent-elles avec une autre histoire qui est celle d'un échec et d'une rupture délibérée que je me plais à analyser longuement ? Je me suis posé ces questions en me relisant avec consternation. Ce qui me motive, tout d'abord, est manifestement le besoin obsessionnel de m'élever au-dessus de ce que je vis, sens et pense, pour le théoriser, l'intellectualiser, être un pur esprit transparent.

C'était déjà la motivation tout au long de l'Essai. Elle est plus immédiatement visible ici. Je prétends parler de toi comme de la seule femme que j'ai aimée d'amour et de notre union comme de la décision la plus importante de nos deux vies. Mais de toute évidence cette histoire ne me captive pas, ni les sept ans qui, au moment où j'écrivais *Le Traître*, se sont écoulés depuis cette décision. Être passionnément amoureux pour la première fois, être aimé en retour, c'était apparemment trop banal, trop privé, trop *commun* : ce n'était pas une matière propre à me faire accéder à l'universel. Un amour naufragé, impossible, ça fait au contraire de la noble littérature. Je suis à l'aise dans l'esthétique de l'échec et de l'anéantissement, non dans celle de la réussite et de l'affirmation. Il faut que je m'élève au-dessus de moi et de toi, à nos dépens, à tes dépens, par des considérations qui dépassent nos personnes singulières.

L'objet du chapitre est de dénoncer cette attitude, de montrer qu'elle nous a menés au bord de la séparation et de la rupture ; et que, pour ne pas te perdre, il me fallait choisir : soit vivre sans toi selon mes principes abstraits, soit me dégager de ces principes pour vivre avec toi : «... il a préféré Kay aux principes ; mais de mauvaise grâce et sans se rendre compte » des sacrifices très réels — et non principiels — que tu consentais.

Le récit de ce que je présente comme une conversion est ensuite empoisonné par onze lignes qui le démentent. Je me décris bien tel que j'étais en ce printemps 1948 : invivable. « Après s'être mis à vivre ensemble sur six mètres carrés [...], il entrait et sortait sans dire un mot, passait ses journées sur ses papiers et répondait [à Kay] par monosyllabes impatientes. "Tu te suffis", disait-elle. C'est vrai qu'il n'y avait place pour personne en particulier dans sa vie [...] parce que, en tant qu'individu particulier, il ne comptait pas et que ça ne pouvait l'intéresser qu'on s'attachât à lui en tant qu'individu particulier. » Suit une page entière de ce que je qualifie moi-même de « dissertations prétentieuses sur l'amour et le mariage ».

J'ai l'air de juger sévèrement qui je fus. Mais pourquoi, dans cette page et demie écrite sept ans plus tard, en 1955 ou 1956, y a-t-il six lignes qui parlent de toi comme d'une fille pitoyable qui « ne connaissait personne », « ne parlait pas un mot de français » après six mois en Suisse ? Je savais pourtant que tu avais ton cercle d'amis, gagnais ta vie mieux que moi, étais attendue en Angleterre par un ami fidèle bien décidé à t'épouser. Pourquoi ensuite ces lignes détestables : « Kay qui, d'une façon ou d'une autre, [...] se serait détruite s'il l'avait lâchée... » Neuf pages plus loin encore, dans le récit de mon « serment », il y a cinq lignes de poison. Tu m'avais déclaré — et c'était à prévoir vu ma désinvolture — que « si nous sommes ensemble pour un moment seulement [tu] aime[s] mieux partir maintenant et emporter le souvenir de notre amour intact ». J'accuse le coup, mais en donnant de nouveau de toi une image pitoyable : « ... s'il laissait partir Kay, s'il devait se rappeler toute sa vie qu'elle traînait quelque part [...] le souvenir de lui, cherchant refuge dans le dévouement aux malades ou dans le devoir envers une famille,

[...] il serait un traître et un lâche. Et puis, s'il n'était pas sûr qu'il saurait vivre avec elle, il était sûr qu'il ne voulait pas la perdre. Il a serré Kay contre lui et dit avec une sorte de délivrance : "Si tu pars, je te suivrai. Je ne pourrais pas supporter de t'avoir laissée partir." Et il a ajouté au bout d'un moment : "Jamais". »

En réalité, j'ai dit à ce moment : « Je t'aime. » Mais ça ne figure pas dans le récit.

Pourquoi donc ai-je l'air si sûr que notre séparation serait plus insupportable à toi qu'à moi ? Pour ne pas avouer le contraire ? Pourquoi dis-je que j'étais responsable « de la tournure que prendrait [ta] vie ? Qu'il m'appartenait de [te] "rendre la vie vivable" » ? En tout, onze lignes de poison en trois doses, sur vingt pages ; trois petites touches qui t'abaissent et te défigurent, écrites sept ans plus tard ; et qui nous volent le sens de sept ans de notre vie.

Qui a écrit ces onze lignes ? Je veux dire : qui étais-je quand j'ai écrit ces lignes ? Je sens le douloureux besoin de nous restituer ces sept années et celle qu'en vérité tu étais pour moi. J'ai déjà essayé de nous restituer ici de grands pans de l'histoire de notre amour et de notre couple. Je n'ai pas encore exploré la période pendant laquelle j'ai écrit ces pages. C'est en elle que je dois trouver des explications. Je me souviens que 1955 a été une année plutôt heureuse. J'allais changer de journal. Nous avons passé nos vacances sur les rivages de l'Atlantique. J'ai commencé *Le Traître* dans le onzième, tenaillé par l'angoisse. Le dernier jour de l'année, nous avons signé le contrat pour la rue du Bac. Nous avons alors vécu des mois de bonheur et d'espoir.

Mais, à mesure que j'y avançais, le manuscrit se charge de plus en plus de considérations politiques. Le chapitre «Toi» situe obstinément les rapports personnels, privés, y compris les rapports d'amour et de couple, dans le contexte de rapports sociaux aliénants. Gide note quelque part dans son *Journal* qu'il éprouve toujours le besoin de prendre dans l'ouvrage suivant le contre-pied de ce qu'il vient d'écrire. C'était aussi mon cas. L'exploration de moi-même était littérairement une impasse. On ne peut pas l'écrire une seconde fois. Je préparais déjà l'ouvrage suivant, encore mal défini, en lisant le *Marx* de Jean-Yves Calvez, les écrits de jeunesse de Marx, le *Staline* d'Isaac Deutscher. Je croyais que le rapport Khrouchtchev au XXe Congrès annonçait un grand tournant, que les intellectuels allaient pouvoir jouer un rôle décisif dans le mouvement communiste. Je commençais à ressembler aux membres d'une troupe théâtrale décrite par Kazimierz Brandys dans *La Défense de Grenade*, qui veulent que tous les mouvements de leur esprit et de leur cœur soient conformes aux exigences du Parti, et dont chacun s'accuse et accuse les autres d'héberger des réticences intérieures vis-à-vis de sa tâche. Je n'étais pas loin de considérer l'amour comme un sentiment petit-bourgeois.

Je « parlais de toi sur un ton d'excuse, comme d'une faiblesse » (cette remarque dans *Le Traître* prend maintenant tout son sens) : manifestement, je tenais pour une faiblesse, dans ce que j'écrivais au moins, l'attachement que tu me manifestais. François Erval, à cette époque, m'a dit une fois : « Vous avez une fixation révolutionnariste. » Tu observais avec inquiétude, et par moments avec colère, mon évolution procommuniste. En même temps, tu me faisais aimer l'expansion de notre espace privé, de notre vie commune. Une notation de Kafka dans son *Journal* peut résumer mon état d'esprit d'alors : « Mon amour de toi ne s'aime pas. » Je ne m'aimais pas de t'aimer.

J'ai finalement compris que je ne pourrais m'engager du côté des communistes que pour de mauvaises raisons; que des intellectuels ne pourraient, avant longtemps, impulser une transformation du PCF. Les nouvelles connaissances que nous avons faites au début de 1957 ont sûrement contribué à me faire évoluer, ainsi que de nouvelles lectures : notamment David Riesman et C. Wright Mills.

Quand *Le Traître* est enfin sorti, j'étais redevenu conscient de ce que je te devais : tu as tout donné de toi pour m'aider à devenir moi-même. La dédicace que j'ai inscrite dans ton exemplaire dit : « À toi dite Kay qui, en me donnant Toi, m'as donné Je. »

Si seulement j'avais développé ça dans ce qui est devenu « mon livre ».

Il faut que je reprenne du recul pour aborder la suite de notre histoire. Durant nos années rue du Bac, nous avons connu progressivement une relative aisance matérielle. Mais nous n'avons jamais porté notre niveau de vie et de consommation à la hauteur de notre pouvoir d'achat. Il y avait entre nous un accord tacite à ce sujet. Nous avions les mêmes valeurs, je veux dire une même conception de ce qui donne un sens à la vie ou menace de lui en enlever. Aussi loin que je me souvienne, j'ai toujours détesté le mode de vie dit « opulent » et ses gaspillages. Tu refusais de suivre la mode et la jugeais selon les critères qui t'étaient propres. Tu refusais de laisser la publicité et le marketing te donner des besoins que tu n'éprouvais pas. En vacances, nous logions soit « chez l'habitant », en Espagne, soit dans des auberges ou pensions modestes, en Italie. C'est en 1968 que, pour la première fois, nous sommes allés dans un grand hôtel moderne, à Pugnochiuso. Nous avons fini, au bout de dix ans, par acquérir une vieille

Austin. Elle ne nous a pas empêchés de tenir la motorisation individuelle pour un choix politique exécrable qui dresse les individus les uns contre les autres en prétendant leur offrir le moyen de se soustraire au lot commun. Tu avais pour les dépenses courantes un budget que tu définissais et gérais selon nos besoins. Cela me rappelle que tu avais conclu dès l'âge de sept ans que, pour être vrai, l'amour doit mépriser l'argent. Tu le méprisais. Nous en avons souvent donné.

Nous avons pris l'habitude de passer nos fins de semaine à la campagne. Puis, pour ne pas avoir à loger dans une auberge, nous avons acheté une maisonnette à 50 kilomètres de Paris. Nous faisions par tous les temps des promenades de deux heures. Tu avais une connivence contagieuse avec tout ce qui est vivant et m'as appris à regarder et à aimer les champs, les bois et les animaux. Ils t'écoutaient si attentivement quand tu leur parlais que j'avais l'impression qu'ils comprenaient tes paroles. Tu me découvrais la richesse de la vie et je l'aimais à travers toi — à moins que ce ne soit l'inverse (mais ça revient au même).

Peu après notre emménagement dans la maisonnette, tu as adopté un chat gris tigré qui, visiblement affamé, attendait toujours devant notre porte. Nous l'avons guéri de la gale. La première fois qu'il a sauté spontanément sur mes genoux, j'ai eu le sentiment qu'il me faisait un grand honneur.

Notre éthique — si j'ose l'appeler ainsi — nous préparait à accueillir avec joie Mai 68 et ce qui a suivi. Nous avons préféré d'emblée VLR à la GP, Tiennot Grumbach et sa communauté militante de Mantes à Benny Lévy et à *La Cause du peuple*. À l'étranger, je passais pour un précurseur ou même un inspirateur des mouvements de Mai. Nous sommes allés ensemble en Belgique, aux Pays-Bas, en Angleterre, puis, en 1970, à Cambridge (Mass.). Cinq ans plus tôt, à New York, nous avions détesté la civilisation américaine avec ses gaspillages, son smog, ses frites au ketchup et au Coca-Cola, la brutalité et les cadences infernales de sa vie urbaine — nous ne soupçonnions pas que bientôt rien de tout cela ne serait épargné à Paris. À Cambridge, nous avons été séduits par l'hospitalité et l'intérêt que nos hôtes portaient aux idées neuves. Nous avons découvert une sorte de contre-société qui creusait ses galeries sous la croûte de la société apparente, en attendant de pouvoir y émerger au grand jour. Nous n'avions jamais vu autant d'« existentialistes », c'est-à-dire de gens décidés à « changer la vie » sans rien attendre du pouvoir politique, en entreprenant de vivre ensemble autrement, de mettre en pratique leurs fins alternatives. Nous avons été invités par un *think tank* à Washington. Tu as été invitée à plusieurs réunions de Bread and Roses et as obtenu que je puisse y assister. En rentrant à Paris, tu as emporté plusieurs livres dont *Our Bodies, Our Selves*. Nous avions un monde en commun dont nous percevions des aspects différents. Nous étions riches de ces différences.

Le séjour aux États-Unis a contribué à faire évoluer nos centres d'intérêt. Il m'a aidé à comprendre que les formes et les objectifs classiques de la lutte des classes ne peuvent changer la société, que la lutte syndicale devait se déplacer sur de nouveaux terrains. L'été suivant, nous avons accueilli avec le plus vif intérêt le texte préparatoire d'un séminaire auquel une vingtaine de personnes devaient participer à Cuernavaca, au Mexique. Je ne sais comment Jean Daniel a obtenu ce texte. Il m'a demandé de le résumer pour le journal. Son titre provisoire était *Retooling Society*. Il commençait en affirmant que la poursuite de la croissance économique allait entraîner de multiples catastrophes qui menaceraient la vie humaine de huit manières. On y trouvait comme un écho de la pensée de Jacques Ellul et de Günther Anders : l'expansion des industries transforme la société en une gigantesque machine qui, au lieu de libérer les humains, restreint leur espace d'autonomie et détermine quelles fins ils doivent poursuivre et comment. Nous devenons les serviteurs de cette mégamachine. La production n'est plus à notre service, nous sommes au service de la production. Et en raison de la professionnalisation simultanée des services de tout genre, nous devenons incapables de nous prendre en charge, d'autodéterminer nos besoins et de les satisfaire nous-mêmes : nous dépendons en toute chose de « professions incapacitantes ».

Nous avons discuté ce texte pendant nos vacances d'été. Il était signé Ivan Illich. Il plaçait l'idée d'« autogestion », qui était en vogue dans toute la gauche, dans une perspective nouvelle. Il confirmait l'urgence de la « technocritique », de la refonte des techniques de production dont nous avions rencontré à Harvard un protagoniste. Il légitimait notre besoin d'élargir notre espace d'autonomie, de ne pas le penser comme un besoin privé seulement. Il a probablement joué un rôle dans notre projet de construire une vraie maison. Tu en as dessiné le plan pendant ces vacances d'été : une maison en « U ».

Nous sommes ainsi entrés ensemble dans l'ère de ce qui allait devenir l'écologie politique. Elle nous apparaissait comme un prolongement des idées et des mouvements de 1968. Nous avons fréquenté les gens de *La Gueule ouverte* et du *Sauvage*, Michel Rolant et Robert Laponche, à la recherche d'une autre orientation de la technoscience, de la politique énergétique et du mode de vie.

Nous avons rencontré Illich pour la première fois en 1973. Il voulait nous inviter au séminaire sur la médecine, prévu pour l'année suivante. Nous n'imaginions pas que la critique de la technomédecine allait bientôt coïncider avec nos préoccupations personnelles.

En 1973, tu travaillais aux éditions Galilée à la mise sur pied d'un service des droits étrangers. Tu allais le gérer pendant trois ans. Les fins de semaine, nous allions pique-niquer sur le chantier de notre future maison. Tout nous unissait. Mais ta vie était gâchée par des contractures et des maux de tête inexpliqués. Ton kiné te soupçonnait d'être hypernerveuse ; ton médecin, après de vains examens, t'a prescrit des tranquillisants. Les tranquillisants t'ont déprimée au point qu'à ton propre étonnement il t'arrivait de pleurer. Tu n'en as plus jamais pris depuis.

Nous sommes allés à Cuernavaca l'été suivant. J'y ai étudié la documentation qu'Illich avait réunie en vue de sa *Némésis médicale*. Il était entendu que je ferais des articles à la sortie de ce livre. Le premier article était intitulé « Quand la médecine rend malade ». La majorité des gens estimerait aujourd'hui qu'il énonçait des évidences. À l'époque, seules trois lettres de médecins ne l'ont pas attaqué. L'une d'elles était signée Court-Payen. Elle soulignait la différence entre syndrome et maladie et défendait une conception holistique de la santé.

Je suis allé voir ce médecin quand ton état de santé s'est aggravé dramatiquement. Tu ne pouvais plus t'allonger, tant ta tête te faisait souffrir. Tu passais la nuit debout sur le balcon ou assise dans un fauteuil. J'avais voulu croire que nous avions tout en commun, mais tu étais seule dans ta détresse.

Sur la radio de tout le rachis, tête comprise, qu'il t'a fait faire, le docteur Court-Payen a constaté la présence de billes de produits de contraste, disséminées dans le canal rachidien, des lombaires jusqu'à la tête. Ce produit, le lipiodol, t'avait été injecté huit ans plus tôt, avant qu'on t'opère d'une hernie discale paralysante. J'ai entendu le radiologue qui te rassurait : « Vous allez éliminer ce produit dans les dix jours. » Au bout de huit ans, une partie du liquide t'était montée dans les fosses crâniennes, une autre partie s'était enkystée au niveau des cervicales.

C'est à moi que Court-Payen a communiqué son diagnostic : tu avais une arachnoïdite ; il n'existait aucun traitement pour cette affection évolutive.

Je me suis procuré une trentaine d'articles publiés sur les myélographies dans des revues médicales. J'ai écrit aux auteurs de certains de ces articles. L'un d'eux — un Norvégien, Skalpe — qui avait fait des autopsies sur des humains et des animaux de laboratoire, avait montré que le lipiodol n'est jamais éliminé et provoque des pathologies qui vont s'aggravant. Sa lettre se terminait par ces mots : « Je remercie Dieu de n'avoir jamais utilisé ce produit. » La lettre d'un professeur de neurologie du Baylor College of Medicine (Texas) n'était pas plus encourageante : « L'arachnoïdite est une affection dans laquelle les filaments recouvrant le cordon médullaire proprement dit et, parfois, le cerveau, forment du tissu cicatriciel et compriment tant le cordon médullaire que les racines nerveuses qui en sortent ou y entrent. Diverses formes de paralysie et/ou de douleurs peuvent s'ensuivre. L'inhibition de certains nerfs ou un traitement médicamenteux pourraient peut-être aider. »

Tu n'avais plus rien à attendre de la médecine. Tu refusais de t'habituer à la prise d'antalgiques et d'en dépendre. Tu as décidé de prendre toi-même en main ton corps, ta maladie, ta santé ; de prendre le pouvoir sur ta vie au lieu de laisser la technoscience médicale prendre le pouvoir sur ton rapport à ton corps, à toi-même. Tu as pris contact avec un réseau international de malades qui s'entraident en échangeant informations et conseils, après s'être heurtés comme toi à l'ignorance, et parfois à la mauvaise volonté du corps médical. Tu t'es initiée au yoga. Tu prenais possession de toi en gérant tes douleurs par d'antiques autodisciplines. La capacité de comprendre ton mal et de te prendre en charge te paraissait le seul moyen de ne pas être dominée par lui et par les spécialistes qui te transformeraient en consommatrice passive de médications.

Ta maladie nous ramenait sur le terrain de l'écologie et de la technocritique. Mes pensées ne te quittaient pas quand j'ai préparé pour le journal un dossier sur les médecines alternatives. La technomédecine m'apparaissait comme une forme particulièrement agressive de ce que Foucault allait plus tard appeler le bio-pouvoir — du pouvoir que les dispositifs techniques prennent jusque sur le rapport intime de chacun à soi-même.

Deux ans plus tard, nous avons été invités une seconde fois à Cuernavaca. Nous devions aller ensuite à Berkeley, puis à La Jolla, près de San Diego, chez Marcuse. J'ai pris à ton insu une photo de toi, de dos : tu marches les pieds dans l'eau sur la grande plage de La Jolla. Tu as cinquante-deux ans. Tu es merveilleuse. C'est une des images de toi que je préfère.

J'ai longuement regardé cette photo à notre retour, quand tu m'as dit que tu te demandais si tu n'avais pas un cancer. Tu te le demandais déjà avant notre départ aux États-Unis mais n'avais pas voulu me le dire. Pourquoi? « Si je dois mourir, je voulais voir la Californie avant », m'as-tu dit tranquillement.

Ton cancer de l'endomètre n'avait pas été détecté lors des examens annuels. Le diagnostic posé, la date de l'opération fixée, nous sommes allés pour huit jours dans la maison que tu avais conçue. J'ai inscrit ton nom dans la pierre avec un burin. Cette maison était magique. Tous les espaces avaient une forme trapézoïdale. Les fenêtres de la chambre donnaient sur la cime des arbres. La première nuit, nous ne dormions pas. Chacun écoutait le souffle de l'autre. Puis un rossignol s'est mis à chanter et un second, plus loin, à lui répondre. Nous nous sommes très peu parlé. Je passais la journée à bêcher et levais de temps en temps les yeux vers la fenêtre de la chambre. Tu t'y tenais, immobile, le regard fixé au loin. Je suis sûr que tu travaillais à apprivoiser la mort pour la combattre sans crainte. Tu étais si belle et résolue dans ton silence que je ne pouvais imaginer que tu puisses renoncer à vivre.

Je me suis mis en congé du journal et ai partagé ta chambre à la clinique. La première nuit, par la fenêtre ouverte, j'ai entendu toute la Neuvième Symphonie de Schubert. Elle s'est gravée en moi. Je me souviens de chaque moment passé à la clinique. Pierre, l'ami médecin du CNRS, qui venait prendre de tes nouvelles chaque matin, m'a dit : « Tu vis des moments d'une exceptionnelle intensité. Tu t'en souviendras toujours. » J'ai voulu connaître les chances de survie à cinq ans que te donnait le cancérologue. Pierre m'a rapporté la réponse : « *Fifty fifty.* » Je me suis dit que nous devions enfin vivre notre présent au lieu de nous projeter toujours dans l'avenir. J'ai lu deux livres d'Ursula LeGuin rapportés des États-Unis. Ils m'ont conforté dans cette décision.

À ta sortie de la clinique nous sommes retournés dans notre maison. Ton entrain me ravissait et me rassurait. Tu avais échappé à la mort et la vie prenait un sens nouveau et une nouvelle valeur. Illich a immédiatement compris cela quand tu l'as revu quelques mois plus tard, au cours d'une soirée. Il t'a longuement regardée dans les yeux et t'a dit : « Vous avez vu l'autre côté. » Je ne sais pas ce que tu as répondu ni ce que vous vous êtes dit d'autre. Mais il m'a dit ces mots, aussitôt après : « Ce regard ! Je comprends maintenant ce qu'elle représente pour toi. » Il nous a invités une nouvelle fois dans sa maison à Cuernavaca en ajoutant que nous pourrions y rester aussi longtemps qu'il nous plairait.

Tu avais vu « l'autre côté »; tu étais revenue du pays d'où on ne revient pas. Cela avait changé ton optique. Nous avions pris la même résolution sans nous consulter. Un romantique anglais l'a résumée en une phrase : *« There is no wealth but life. »*

Pendant tes mois de convalescence, j'ai décidé de prendre ma retraite à soixante ans. Je me suis mis à compter les semaines qui m'en séparaient. Je prenais plaisir à faire la cuisine, à chercher les produits biologiques qui t'aideraient à reprendre des forces, à commander place Wagram les préparations magistrales que te recommandait un homéopathe.

L'écologie devenait un mode de vie et une pratique quotidienne sans cesser d'impliquer l'exigence d'une autre civilisation. J'étais arrivé à l'âge où on se demande ce qu'on a fait de sa vie, ce qu'on aurait voulu en faire. J'avais l'impression de n'avoir pas *vécu* ma vie, de l'avoir toujours observée à distance, de n'avoir développé qu'un seul côté de moi-même et d'être pauvre en tant que personne. Tu étais et avais toujours été plus riche que moi. Tu t'es épanouie dans toutes tes dimensions. Tu étais de plain-pied dans ta vie ; tandis que j'avais toujours été pressé de passer à la tâche suivante, comme si notre vie n'allait réellement commencer que plus tard.

Je me suis demandé quel était l'inessentiel auquel je devrais renoncer pour me concentrer sur l'essentiel. Je me suis dit que, pour comprendre la portée des bouleversements qui s'annonçaient dans tous les domaines, il fallait plus d'espace et de temps de réflexion que n'en permettait l'exercice à plein temps du métier de journaliste. Je n'attendais rien de vraiment novateur de la victoire de la gauche en 1981 et je te l'ai dit après avoir rencontré deux ministres du gouvernement Mauroy au lendemain de leur nomination. J'ai été étonné que mon départ du journal, après vingt ans de collaboration, ne fût pénible ni à moi-même ni à d'autres. Je me souviens d'avoir écrit à E. qu'en fin de compte une seule chose m'était essentielle : être avec toi. Je ne peux m'imaginer continuant à écrire si tu n'es plus. Tu es l'essentiel sans lequel tout le reste, si important qu'il me paraisse tant que tu es là, perd son sens et son importance. Je te l'ai dit dans la dédicace de mon dernier écrit.

Vingt-trois ans se sont écoulés depuis que nous sommes partis vivre à la campagne. Dans « ta » maison d'abord, qui dégageait une harmonie méditative. Nous ne l'avons goûtée que pendant trois ans. Le chantier d'une centrale nucléaire nous en a chassés. Nous avons trouvé une autre maison, très ancienne, fraîche en été, chaude en hiver, avec un grand terrain. Tu aurais pu y être heureuse. Là où il n'y avait qu'un pré tu as créé un jardin de haies et d'arbustes. J'y ai planté deux cents arbres. Pendant quelques années nous avons encore voyagé un peu ; mais les vibrations et secousses des moyens de transport, quels qu'ils soient, te déclenchent des maux de tête et des douleurs dans tout le corps. L'arachnoïdite t'a obligée à abandonner petit à petit la plupart de tes activités favorites. Tu réussis à cacher tes souffrances. Nos amis te trouvent « en pleine forme ». Tu n'as cessé de m'encourager à écrire. Au cours des vingt-trois années passées dans notre maison, j'ai publié six livres et des centaines d'articles et entretiens. Nous avons reçu des dizaines de visiteurs venus de tous les continents et j'ai donné des dizaines d'interviews. Je n'ai sûrement pas été à la hauteur de la résolution prise il y a trente ans : de vivre de plain-pied dans le présent, attentif avant tout à la richesse qu'est notre vie commune. Je revis maintenant les instants où j'ai pris cette résolution avec un sentiment d'urgence. Je n'ai pas d'ouvrage majeur en chantier. Je ne veux plus — selon la formule de Georges Bataille — « remettre l'existence à plus tard ». Je suis attentif à ta présence comme à nos débuts et aimerais te le faire sentir. Tu m'as donné toute ta vie et tout de toi ; j'aimerais pouvoir te donner tout de moi pendant le temps qu'il nous reste.

Tu viens juste d'avoir quatre-vingt-deux ans. Tu es toujours belle, gracieuse et désirable. Cela fait cinquante-huit ans que nous vivons ensemble et je t'aime plus que jamais. Récemment je suis retombé amoureux de toi une nouvelle fois et je porte de nouveau en moi un vide dévorant que ne comble que ton corps serré contre le mien. La nuit je vois parfois la silhouette d'un homme qui, sur une route vide et dans un paysage désert, marche derrière un corbillard. Je suis cet homme. C'est toi que le corbillard emporte. Je ne veux pas assister à ta crémation ; je ne veux pas recevoir un bocal avec tes cendres. J'entends la voix de Kathleen Ferrier qui chante *« Die Welt ist leer, Ich will nicht leben mehr »* et je me réveille. Je guette ton souffle, ma main t'effleure. Nous aimerions chacun ne pas avoir à survivre à la mort de l'autre. Nous nous sommes souvent dit que si, par impossible, nous avions une seconde vie, nous voudrions la passer ensemble.

21 mars - 6 juin 2006

DU MÊME AUTEUR

Aux Éditions Gallimard

LE TRAÎTRE suivi de LE VIEILLISSEMENT, avant-propos de Jean-Paul Sartre (Folio Essais n° 463).

Chez d'autres éditeurs

LE TRAÎTRE, avant-propos de Jean-Paul Sartre, *Éditions du Seuil*, 1958, 1978.
LA MORALE DE L'HISTOIRE, *Éditions du Seuil*, 1959.
STRATÉGIE OUVRIÈRE ET NÉOCAPITALISME, *Éditions du Seuil*, 1964.
LE SOCIALISME DIFFICILE, *Éditions du Seuil*, 1967.
RÉFORME ET RÉVOLUTION, *Éditions du Seuil*, 1969.
CRITIQUE DU CAPITALISME QUOTIDIEN, *Éditions Galilée*, 1973.
CRITIQUE DE LA DIVISION DU TRAVAIL (dir.), *Éditions du Seuil*, 1973.
ÉCOLOGIE ET POLITIQUE, *Éditions Galilée*, 1975 ; nouv. éd. *Éditions du Seuil*, 1978.
FONDEMENTS POUR UNE MORALE, *Éditions Galilée*, 1977.
ÉCOLOGIE ET LIBERTÉ, *Éditions Galilée*, 1977.
ADIEUX AU PROLÉTARIAT. Au-delà du socialisme, *Éditions Galilée*, 1980 ; nouv. éd. *Éditions du Seuil*, 1981.
LES CHEMINS DU PARADIS. L'agonie du capital, *Éditions Galilée*, 1983.
MÉTAMORPHOSES DU TRAVAIL, QUÊTE DU SENS. Critique de la raison économique, *Éditions Galilée*, 1988 (Folio Essais, n° 441).
CAPITALISME, SOCIALISME, ÉCOLOGIE. Désorientations, orientations, *Éditions Galilée*, 1991.
MISÈRES DU PRÉSENT, RICHESSE DU POSSIBLE, *Éditions Galilée*, 1997.
L'IMMATÉRIEL. Connaissance, valeur et capital, *Éditions Galilée*, 2003.
LETTRE À D. Histoire d'un amour, *Éditions Galilée*, 2006 (Folio n° 4830).

COLLECTION FOLIO

Dernières parutions

4990. George Eliot — *Daniel Deronda, 1*
4991. George Eliot — *Daniel Deronda, 2*
4992. Jean Giono — *J'ai ce que j'ai donné*
4993. Édouard Levé — *Suicide*
4994. Pascale Roze — *Itsik*
4995. Philippe Sollers — *Guerres secrètes*
4996. Vladimir Nabokov — *L'exploit*
4997. Salim Bachi — *Le silence de Mahomet*
4998. Albert Camus — *La mort heureuse*
4999. John Cheever — *Déjeuner de famille*
5000. Annie Ernaux — *Les années*
5001. David Foenkinos — *Nos séparations*
5002. Tristan Garcia — *La meilleure part des hommes*
5003. Valentine Goby — *Qui touche à mon corps je le tue*
5004. Rawi Hage — *De Niro's Game*
5005. Pierre Jourde — *Le Tibet sans peine*
5006. Javier Marías — *Demain dans la bataille pense à moi*
5007. Ian McEwan — *Sur la plage de Chesil*
5008. Gisèle Pineau — *Morne Câpresse*
5009. Charles Dickens — *David Copperfield*
5010. Anonyme — *Le Petit-Fils d'Hercule*
5011. Marcel Aymé — *La bonne peinture*
5012. Mikhaïl Boulgakov — *J'ai tué*
5013. Arthur Conan Doyle — *L'interprète grec et autres aventures de Sherlock Holmes*
5014. Frank Conroy — *Le cas mystérieux de R.*
5015. Arthur Conan Doyle — *Une affaire d'identité et autres aventures de Sherlock Holmes*
5016. Cesare Pavese — *Histoire secrète*

5017. Graham Swift	*Le sérail*
5018. Rabindranath Tagore	*Aux bords du Gange*
5019. Émile Zola	*Pour une nuit d'amour*
5020. Pierric Bailly	*Polichinelle*
5022. Alma Brami	*Sans elle*
5023. Catherine Cusset	*Un brillant avenir*
5024. Didier Daeninckx	*Les figurants. Cités perdues*
5025. Alicia Drake	*Beautiful People. Saint Laurent, Lagerfeld : splendeurs et misères de la mode*
5026. Sylvie Germain	*Les Personnages*
5027. Denis Podalydès	*Voix off*
5028. Manuel Rivas	*L'Éclat dans l'Abîme*
5029. Salman Rushdie	*Les enfants de minuit*
5030. Salman Rushdie	*L'Enchanteresse de Florence*
5031. Bernhard Schlink	*Le week-end*
5032. Collectif	*Écrivains fin-de-siècle*
5033. Dermot Bolger	*Toute la famille sur la jetée du Paradis*
5034. Nina Bouraoui	*Appelez-moi par mon prénom*
5035. Yasmine Char	*La main de Dieu*
5036. Jean-Baptiste Del Amo	*Une éducation libertine*
5037. Benoît Duteurtre	*Les pieds dans l'eau*
5038. Paula Fox	*Parure d'emprunt*
5039. Kazuo Ishiguro	*L'inconsolé*
5040. Kazuo Ishiguro	*Les vestiges du jour*
5041. Alain Jaubert	*Une nuit à Pompéi*
5042. Marie Nimier	*Les inséparables*
5043. Atiq Rahimi	*Syngué sabour. Pierre de patience*
5044. Atiq Rahimi	*Terre et cendres*
5045. Lewis Carroll	*La chasse au Snark*
5046. Joseph Conrad	*La Ligne d'ombre*
5047. Martin Amis	*La flèche du temps*
5048. Stéphane Audeguy	*Nous autres*
5049. Roberto Bolaño	*Les détectives sauvages*
5050. Jonathan Coe	*La pluie, avant qu'elle tombe*
5051. Gérard de Cortanze	*Les vice-rois*

5052. Maylis de Kerangal	*Corniche Kennedy*
5053. J.M.G. Le Clézio	*Ritournelle de la faim*
5054. Dominique Mainard	*Pour Vous*
5055. Morten Ramsland	*Tête de chien*
5056. Jean Rouaud	*La femme promise*
5057. Philippe Le Guillou	*Stèles à de Gaulle* suivi de *Je regarde passer les chimères*
5058. Sempé-Goscinny	*Les bêtises du Petit Nicolas. Histoires inédites - 1*
5059. Érasme	*Éloge de la Folie*
5060. Anonyme	*L'œil du serpent. Contes folkloriques japonais*
5061. Federico García Lorca	*Romancero gitan*
5062. Ray Bradbury	*Le meilleur des mondes possibles et autres nouvelles*
5063. Honoré de Balzac	*La Fausse Maîtresse*
5064. Madame Roland	*Enfance*
5065. Jean-Jacques Rousseau	*« En méditant sur les dispositions de mon âme... »*
5066. Comtesse de Ségur	*Ourson*
5067. Marguerite de Valois	*Mémoires*
5068. Madame de Villeneuve	*La Belle et la Bête*
5069. Louise de Vilmorin	*Sainte-Unefois*
5070. Julian Barnes	*Rien à craindre*
5071. Rick Bass	*Winter*
5072. Alan Bennett	*La Reine des lectrices*
5073. Blaise Cendrars	*Le Brésil. Des hommes sont venus*
5074. Laurence Cossé	*Au Bon Roman*
5075. Philippe Djian	*Impardonnables*
5076. Tarquin Hall	*Salaam London*
5077. Katherine Mosby	*Sous le charme de Lillian Dawes Rauno Rämekorpi*
5078. Arto Paasilinna	*Les dix femmes de l'industriel*
5079. Charles Baudelaire	*Le Spleen de Paris*
5080. Jean Rolin	*Un chien mort après lui*
5081. Colin Thubron	*L'ombre de la route de la Soie*
5082. Stendhal	*Journal*
5083. Victor Hugo	*Les Contemplations*

5084. Paul Verlaine — *Poèmes saturniens*
5085. Pierre Assouline — *Les invités*
5086. Tahar Ben Jelloun — *Lettre à Delacroix*
5087. Olivier Bleys — *Le colonel désaccordé*
5088. John Cheever — *Le ver dans la pomme*
5089. Frédéric Ciriez — *Des néons sous la mer*
5090. Pietro Citati — *La mort du papillon. Zelda et Francis Scott Fitzgerald*
5091. Bob Dylan — *Chroniques*
5092. Philippe Labro — *Les gens*
5093. Chimamanda Ngozi Adichie — *L'autre moitié du soleil*
5094. Salman Rushdie — *Haroun et la mer des histoires*
5095. Julie Wolkenstein — *L'Excuse*
5096. Antonio Tabucchi — *Pereira prétend*
5097. Nadine Gordimer — *Beethoven avait un seizième de sang noir*
5098. Alfred Döblin — *Berlin Alexanderplatz*
5099. Jules Verne — *L'Île mystérieuse*
5100. Jean Daniel — *Les miens*
5101. Shakespeare — *Macbeth*
5102. Anne Bragance — *Passe un ange noir*
5103. Raphaël Confiant — *L'Allée des Soupirs*
5104. Abdellatif Laâbi — *Le fond de la jarre*
5105. Lucien Suel — *Mort d'un jardinier*
5106. Antoine Bello — *Les éclaireurs*
5107. Didier Daeninckx — *Histoire et faux-semblants*
5108. Marc Dugain — *En bas, les nuages*
5109. Tristan Egolf — *Kornwolf. Le Démon de Blue Ball*
5110. Mathias Énard — *Bréviaire des artificiers*
5111. Carlos Fuentes — *Le bonheur des familles*
5112. Denis Grozdanovitch — *L'art difficile de ne presque rien faire*
5113. Claude Lanzmann — *Le lièvre de Patagonie*
5114. Michèle Lesbre — *Sur le sable*
5115. Sempé — *Multiples intentions*
5116. R. Goscinny/Sempé — *Le Petit Nicolas voyage*
5117. Hunter S. Thompson — *Las Vegas parano*

5118.	Hunter S. Thompson	*Rhum express*
5119.	Chantal Thomas	*La vie réelle des petites filles*
5120.	Hans Christian Andersen	*La Vierge des glaces*
5121.	Paul Bowles	*L'éducation de Malika*
5122.	Collectif	*Au pied du sapin*
5123.	Vincent Delecroix	*Petit éloge de l'ironie*
5124.	Philip K. Dick	*Petit déjeuner au crépuscule*
5125.	Jean-Baptiste Gendarme	*Petit éloge des voisins*
5126.	Bertrand Leclair	*Petit éloge de la paternité*
5127.	Musset-Sand	*« Ô mon George, ma belle maîtresse... »*
5128.	Grégoire Polet	*Petit éloge de la gourmandise*
5129.	Paul Verlaine	*Histoires comme ça*
5130.	Collectif	*Nouvelles du Moyen Âge*
5131.	Emmanuel Carrère	*D'autres vies que la mienne*
5132.	Raphaël Confiant	*L'Hôtel du Bon Plaisir*
5133.	Éric Fottorino	*L'homme qui m'aimait tout bas*
5134.	Jérôme Garcin	*Les livres ont un visage*
5135.	Jean Genet	*L'ennemi déclaré*
5136.	Curzio Malaparte	*Le compagnon de voyage*
5137.	Mona Ozouf	*Composition française*
5138.	Orhan Pamuk	*La maison du silence*
5139.	J.-B. Pontalis	*Le songe de Monomotapa*
5140.	Shûsaku Endô	*Silence*
5141.	Alexandra Strauss	*Les démons de Jérôme Bosch*
5142.	Sylvain Tesson	*Une vie à coucher dehors*
5143.	Zoé Valdés	*Danse avec la vie*
5144.	François Begaudeau	*Vers la douceur*
5145.	Tahar Ben Jelloun	*Au pays*
5146.	Dario Franceschini	*Dans les veines ce fleuve d'argent*
5147.	Diego Gary	*S. ou L'espérance de vie*
5148.	Régis Jauffret	*Lacrimosa*
5149.	Jean-Marie Laclavetine	*Nous voilà*
5150.	Richard Millet	*La confession négative*
5151.	Vladimir Nabokov	*Brisure à senestre*
5152.	Irène Némirovsky	*Les vierges et autres nouvelles*
5153.	Michel Quint	*Les joyeuses*

5154.	Antonio Tabucchi	*Le temps vieillit vite*
5155.	John Cheever	*On dirait vraiment le paradis*
5156.	Alain Finkielkraut	*Un cœur intelligent*
5157.	Cervantès	*Don Quichotte I*
5158.	Cervantès	*Don Quichotte II*
5159.	Baltasar Gracian	*L'Homme de cour*
5160.	Patrick Chamoiseau	*Les neuf consciences du Malfini*
5161.	François Nourissier	*Eau de feu*
5162.	Salman Rushdie	*Furie*
5163.	Ryûnosuke Akutagawa	*La vie d'un idiot*
5164.	Anonyme	*Saga d'Eirikr le Rouge*
5165.	Antoine Bello	*Go Ganymède!*
5166.	Adelbert von Chamisso	*L'étrange histoire de Peter Schlemihl*
5167.	Collectif	*L'art du baiser*
5168.	Guy Goffette	*Les derniers planteurs de fumée*
5169.	H.P. Lovecraft	*L'horreur de Dunwich*
5170.	Tolstoï	*Le Diable*
5171.	J.G. Ballard	*La vie et rien d'autre*
5172.	Sebastian Barry	*Le testament caché*
5173.	Blaise Cendrars	*Dan Yack*
5174.	Philippe Delerm	*Quelque chose en lui de Bartleby*
5175.	Dave Eggers	*Le grand Quoi*
5176.	Jean-Louis Ezine	*Les taiseux*
5177.	David Foenkinos	*La délicatesse*
5178.	Yannick Haenel	*Jan Karski*
5179.	Carol Ann Lee	*La rafale des tambours*
5180.	Grégoire Polet	*Chucho*
5181.	J.-H. Rosny Aîné	*La guerre du feu*
5182.	Philippe Sollers	*Les Voyageurs du Temps*
5183.	Stendhal	*Aux âmes sensibles* (À paraître)
5184.	Dumas	*La main droite du sire de Giac et autres nouvelles*
5185.	Wharton	*Le Miroir* suivi de *Miss Mary Parks*

5186.	Antoine Audouard	*L'Arabe*
5187.	Gerbrand Bakker	*Là-haut, tout est calme*
5188.	David Boratav	*Murmures à Beyoğlu*
5189.	Bernard Chapuis	*Le rêve entouré d'eau*
5190.	Robert Cohen	*Ici et maintenant*
5191.	Ananda Devi	*Le sari vert*
5192.	Pierre Dubois	*Comptines assassines*
5193.	Pierre Michon	*Les Onze*
5194.	Orhan Pamuk	*D'autres couleurs*
5195.	Noëlle Revaz	*Efina*
5196.	Salman Rushdie	*La terre sous ses pieds*
5197.	Anne Wiazemsky	*Mon enfant de Berlin*
5198.	Martin Winckler	*Le Chœur des femmes*
5199.	Marie NDiaye	*Trois femmes puissantes*
5200.	Gwenaëlle Aubry	*Personne*
5201.	Gwenaëlle Aubry	*L'isolée* suivi de *L'isolement*
5202.	Karen Blixen	*Les fils de rois* et autres contes
5203.	Alain Blottière	*Le tombeau de Tommy*
5204.	Christian Bobin	*Les ruines du ciel*
5205.	Roberto Bolaño	*2666*
5206.	Daniel Cordier	*Alias Caracalla*
5207.	Erri De Luca	*Tu, mio*
5208.	Jens Christian Grøndahl	*Les mains rouges*
5209.	Hédi Kaddour	*Savoir-vivre*
5210.	Laurence Plazenet	*La blessure et la soif*
5211.	Charles Ferdinand Ramuz	*La beauté sur la terre*
5212.	Jón Kalman Stefánsson	*Entre ciel et terre*
5213.	Mikhaïl Boulgakov	*Le Maître et Marguerite*
5214.	Jane Austen	*Persuasion*
5215.	François Beaune	*Un homme louche*
5216.	Sophie Chauveau	*Diderot, le génie débraillé*
5217.	Marie Darrieussecq	*Rapport de police*
5218.	Michel Déon	*Lettres de château*
5219.	Michel Déon	*Nouvelles complètes*
5220.	Paula Fox	*Les enfants de la veuve*
5221.	Franz-Olivier Giesbert	*Un très grand amour*
5222.	Marie-Hélène Lafon	*L'Annonce*

5223.	Philippe Le Guillou	*Le bateau Brume*
5224.	Patrick Rambaud	*Comment se tuer sans en avoir l'air*
5225.	Meir Shalev	*Ma Bible est une autre Bible*
5226.	Meir Shalev	*Le pigeon voyageur*
5227.	Antonio Tabucchi	*La tête perdue de Damasceno Monteiro*
5228.	Sempé-Goscinny	*Le Petit Nicolas et ses voisins*
5229.	Alphonse de Lamartine	*Raphaël*
5230.	Alphonse de Lamartine	*Voyage en Orient*
5231.	Théophile Gautier	*La cafetière* et autres contes fantastiques
5232.	Claire Messud	*Les Chasseurs*
5233.	Dave Eggers	*Du haut de la montagne, une longue descente*
5234.	Gustave Flaubert	*Un parfum à sentir ou les Baladins* suivi de *Passion et vertu*
5235.	Carlos Fuentes	*En bonne compagnie* suivi de *La chatte de ma mère*
5236.	Ernest Hemingway	*Une drôle de traversée*
5237.	Alona Kimhi	*Journal de Berlin*
5238.	Lucrèce	*«L'esprit et l'âme se tiennent étroitement unis»*
5239.	Kenzaburô Ôé	*Seventeen*
5240.	P.G. Wodehouse	*Une partie mixte à trois* et autres nouvelles du green
5241.	Melvin Burgess	*Lady*
5242.	Anne Cherian	*Une bonne épouse indienne*
5244.	Nicolas Fargues	*Le roman de l'été*
5245.	Olivier Germain-Thomas	*La tentation des Indes*
5246.	Joseph Kessel	*Hong-Kong et Macao*
5247.	Albert Memmi	*La libération du Juif*
5248.	Dan O'Brien	*Rites d'automne*
5249.	Redmond O'Hanlon	*Atlantique Nord*
5250.	Arto Paasilinna	*Sang chaud, nerfs d'acier*

5251. Pierre Péju	*La Diagonale du vide*
5252. Philip Roth	*Exit le fantôme*
5253. Hunter S. Thompson	*Hell's Angels*
5254. Raymond Queneau	*Connaissez-vous Paris?*
5255. Antoni Casas Ros	*Enigma*
5256. Louis-Ferdinand Céline	*Lettres à la N.R.F.*
5257. Marlena de Blasi	*Mille jours à Venise*
5258. Éric Fottorino	*Je pars demain*
5259. Ernest Hemingway	*Îles à la dérive*
5260. Gilles Leroy	*Zola Jackson*
5261. Amos Oz	*La boîte noire*
5262. Pascal Quignard	*La barque silencieuse (Dernier royaume, VI)*
5263. Salman Rushdie	*Est, Ouest*
5264. Alix de Saint-André	*En avant, route!*
5265. Gilbert Sinoué	*Le dernier pharaon*
5266. Tom Wolfe	*Sam et Charlie vont en bateau*
5267. Tracy Chevalier	*Prodigieuses créatures*
5268. Yasushi Inoué	*Kôsaku*
5269. Théophile Gautier	*Histoire du Romantisme*
5270. Pierre Charras	*Le requiem de Franz*
5271. Serge Mestre	*La Lumière et l'Oubli*
5272. Emmanuelle Pagano	*L'absence d'oiseaux d'eau*
5273. Lucien Suel	*La patience de Mauricette*
5274. Jean-Noël Pancrazi	*Montecristi*
5275. Mohammed Aïssaoui	*L'affaire de l'esclave Furcy*
5276. Thomas Bernhard	*Mes prix littéraires*
5277. Arnaud Cathrine	*Le journal intime de Benjamin Lorca*
5278. Herman Melville	*Mardi*
5279. Catherine Cusset	*New York, journal d'un cycle*
5280. Didier Daeninckx	*Galadio*
5281. Valentine Goby	*Des corps en silence*
5282. Sempé-Goscinny	*La rentrée du Petit Nicolas*
5283. Jens Christian Grøndahl	*Silence en octobre*
5284. Alain Jaubert	*D'Alice à Frankenstein (Lumière de l'image, 2)*
5285. Jean Molla	*Sobibor*
5286. Irène Némirovsky	*Le malentendu*

Composition CPI Bussière.
Impression Novoprint le 23 novembre 2011
Dépôt légal : novembre 2011
1ᵉʳ dépôt légal dans la collection : décembre 2008

ISBN 978-2-07-035886-1./Imprimé en Espagne.

240981